CW01213906

*Pour Lou,
de la part de Loulou*

www.casterman.com

Réalisation : Véronique Desanlis

© Casterman 2005

ISBN 2-203-55324-3

Imprimé en Belgique par Proost.

Dépôt légal novembre 2005; D.2005/0053/155
Déposé au ministère de la Justice, Paris
(loi n°49.956 du 16 juillet 1949
sur les publications destinées à la jeunesse).

Tous droits réservés. Toute reproduction, même partielle, de cet ouvrage est interdite.
Une copie ou reproduction par quelque procédé que ce soit, photographie, microfilm,
bande magnétique, disque ou autre, constitue une contrefaçon passible des peines
prévues par la loi du 11 mars 1957 sur la protection des droits d'auteur.

Stéphane Daniel
Olivier Latyk

Un cadeau pour le Père Noël

les albums Duculot

Les bottes plantées dans la poudreuse, le père Noël contemple les forêts de sapins qui dévalent les pentes de son domaine. De gros flocons s'accrochent à son bonnet, son manteau et se perdent dans sa barbe.
Cette neige, c'est du silence qui tombe du ciel, une tempête de coton.
Les yeux perdus dans le vague, le père Noël réfléchit.

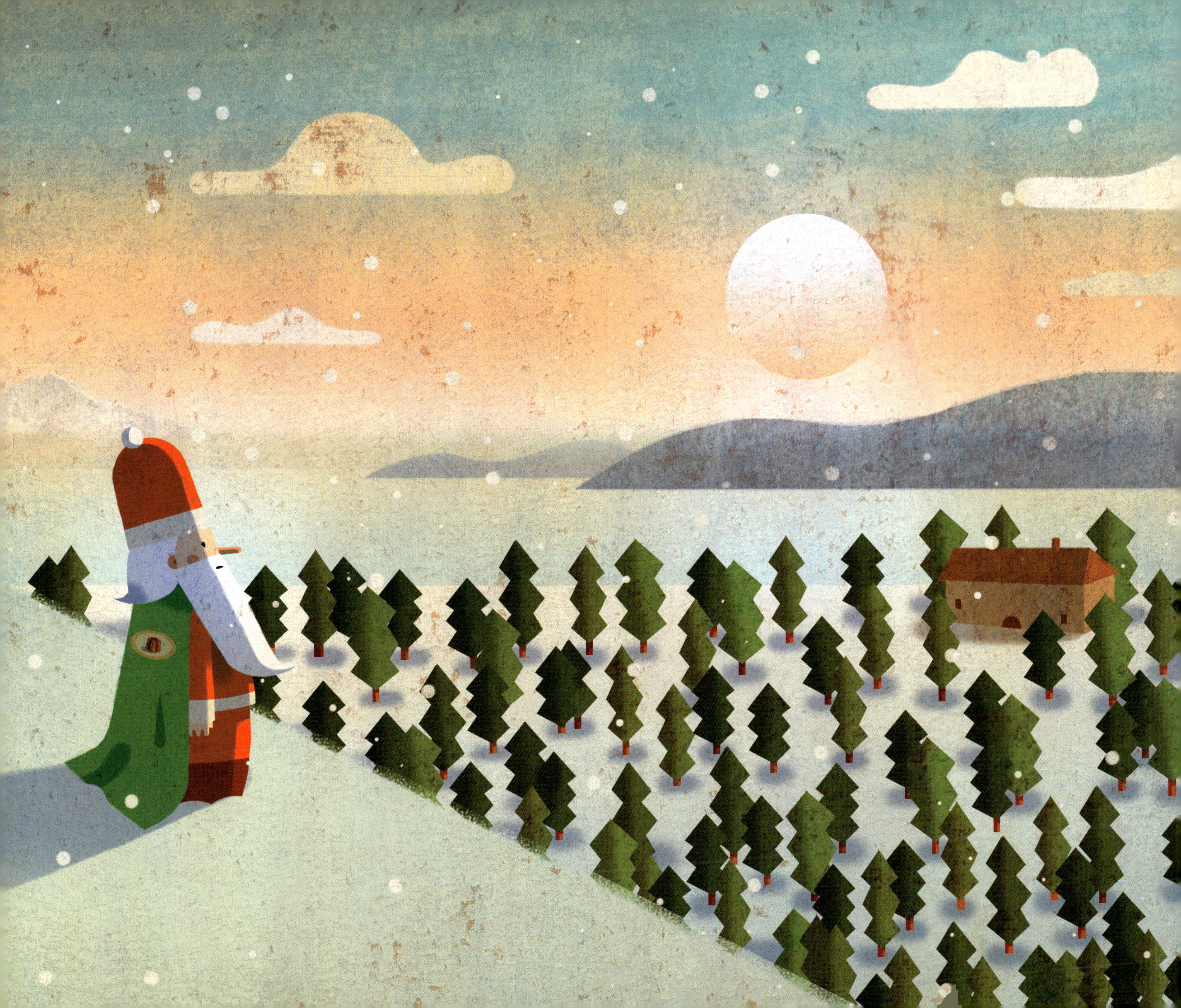

Derrière lui, les ateliers se sont tus. Les lutins, leur travail achevé, sont partis se reposer. Les cadeaux emballés attendent maintenant d'être acheminés. Ils s'amoncellent dans le traîneau, de toutes les tailles, de toutes les couleurs dans leurs papiers cadeaux bariolés.
Un petit nuage de vapeur s'échappe de la bouche du père Noël.
Il réfléchit et soupire.

De la poche de son manteau, il sort une lettre qu'il déplie pour la centième fois. C'est la lettre de Pierrot, le petit Pierrot qui habite la maison perdue au milieu de l'immense forêt de sapins, en lisière de son domaine. Pierrot, le fils du bûcheron.
Le père Noël la relit une dernière fois.

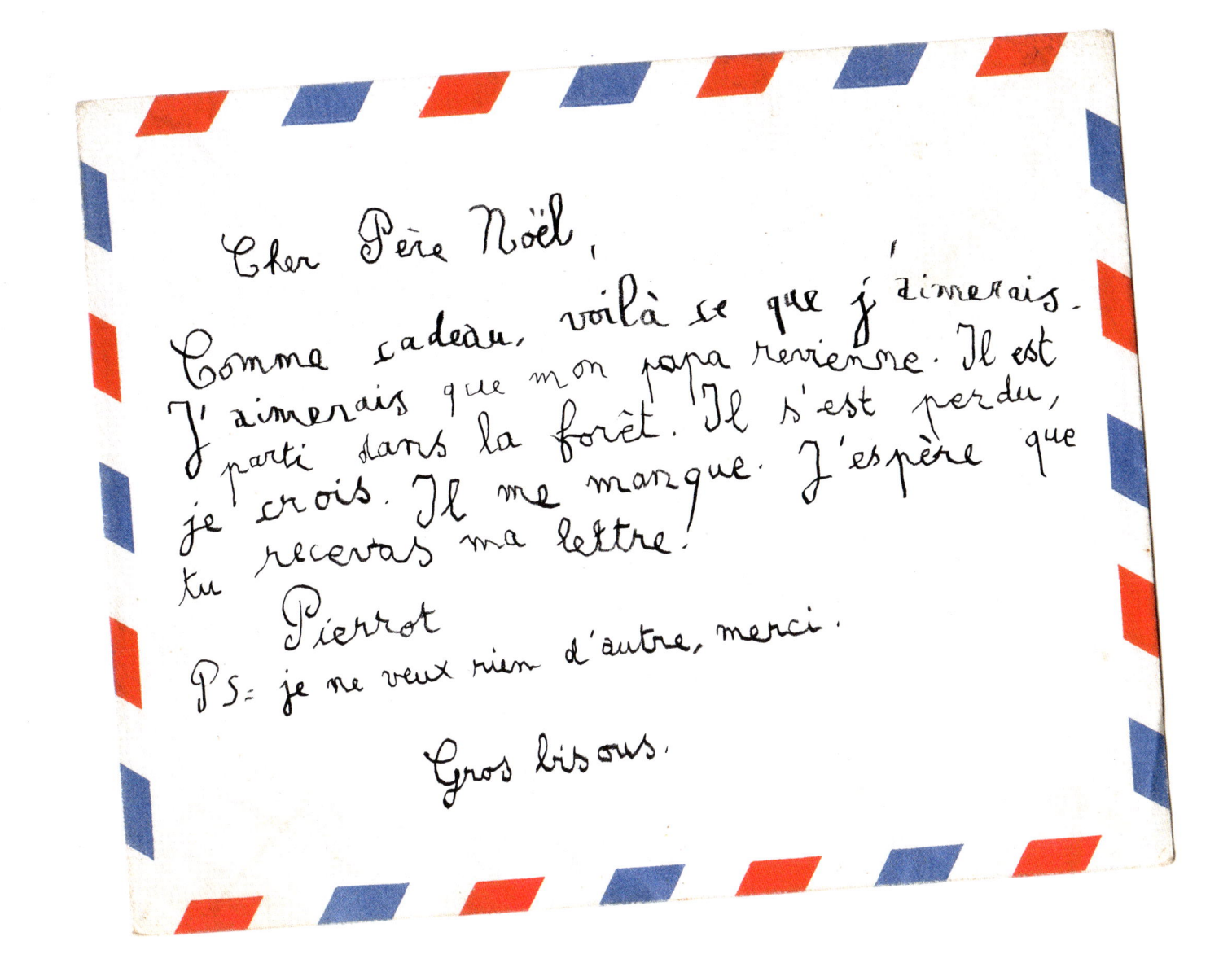

> Cher Père Noël,
>
> Comme cadeau, voilà ce que j'aimerais. J'aimerais que mon papa revienne. Il est parti dans la forêt. Il s'est perdu, je crois. Il me manque. J'espère que tu recevras ma lettre.
>
> Pierrot
>
> PS: je ne veux rien d'autre, merci.
>
> Gros bisous.

Un nouveau nuage de fumée s'échappe de la bouche du père Noël pendant qu'il replie la lettre. Il se mord les lèvres. Donner du bonheur aux enfants, voilà sa raison d'être.
Pourtant, ce que Pierrot demande, le père Noël ne peut pas lui donner.

Il pourrait lui apporter une coiffe d'Indien, des camions,
un train électrique, une console de jeux, une voiture radioguidée,
des livres, un punching-ball, des jeux de société.
Il pourrait lui apporter un appareil photo, une épée de chevalier,
un cerf-volant, un ballon de basket, un puzzle…

Et même, il pourrait lui apporter une panoplie d'homme invisible,
ou encore une perruque en barbe à papa, un vélo à six roues,
des palmes de dix mètres.
Il pourrait lui apporter tout ce qu'on fabrique.
Mais un papa qui revient, ça ne se fabrique pas.

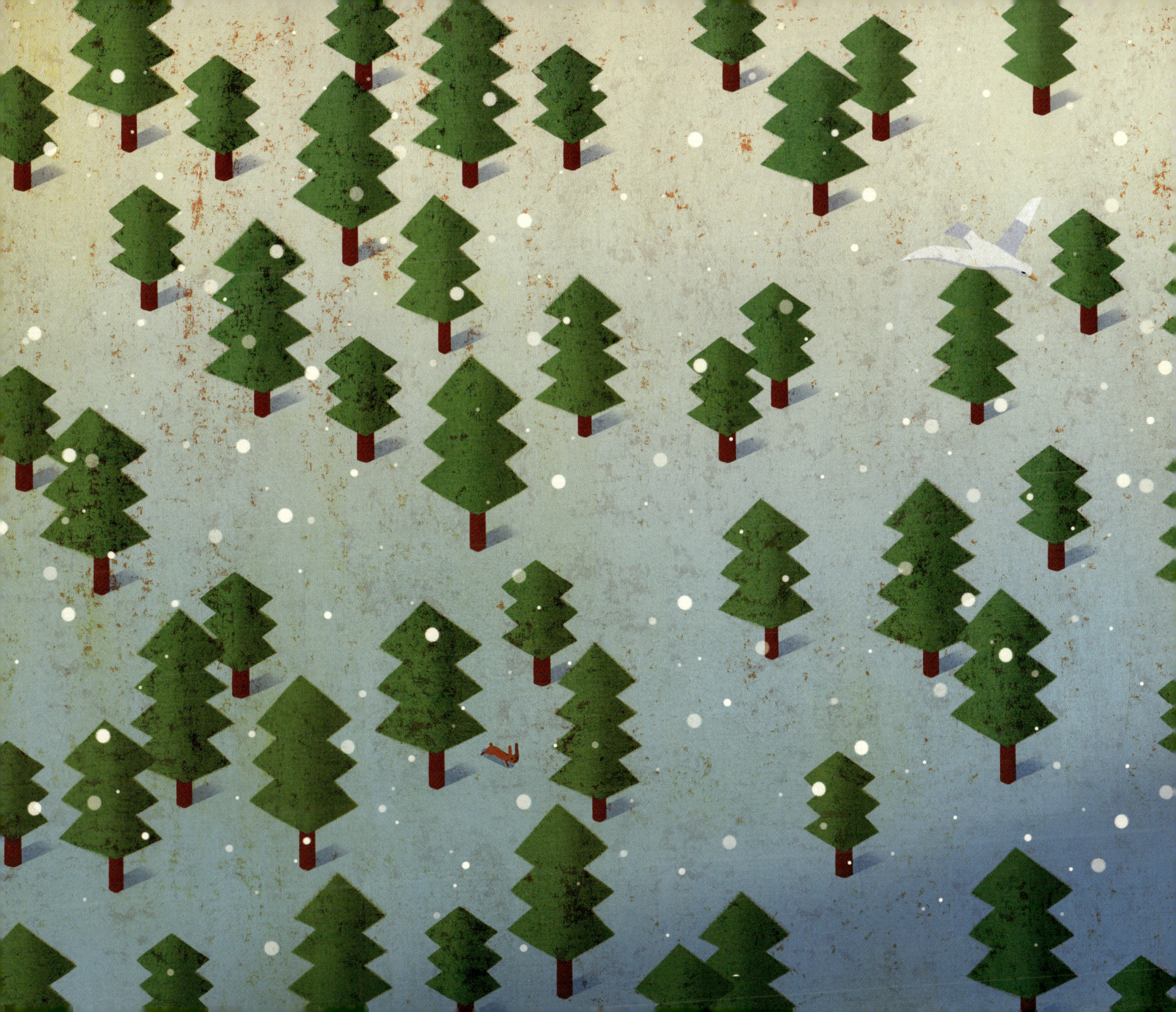

La neige a cessé de tomber. Les nuages se sont éloignés.
Le père Noël secoue la tête et contemple le ciel vraiment magnifique, rayé d'étoiles filantes.
Il est temps de partir, semblent dire les rennes attelés qui braquent sur lui leurs yeux doux.

Le père Noël ramasse un peu de neige au creux de ses gants et s'en frotte le visage.
Il pense à tous les enfants qui l'attendent avec impatience. La nuit sera longue.
Enfin décidé, il grimpe dans le traîneau, agrippe les rênes et lance d'une voix forte le signal
du départ. Aussitôt, le silence vibre du choc des sabots sur la neige. Les rennes, museaux
au vent, accélèrent et arrachent le traîneau du sol pour fendre la nuit.

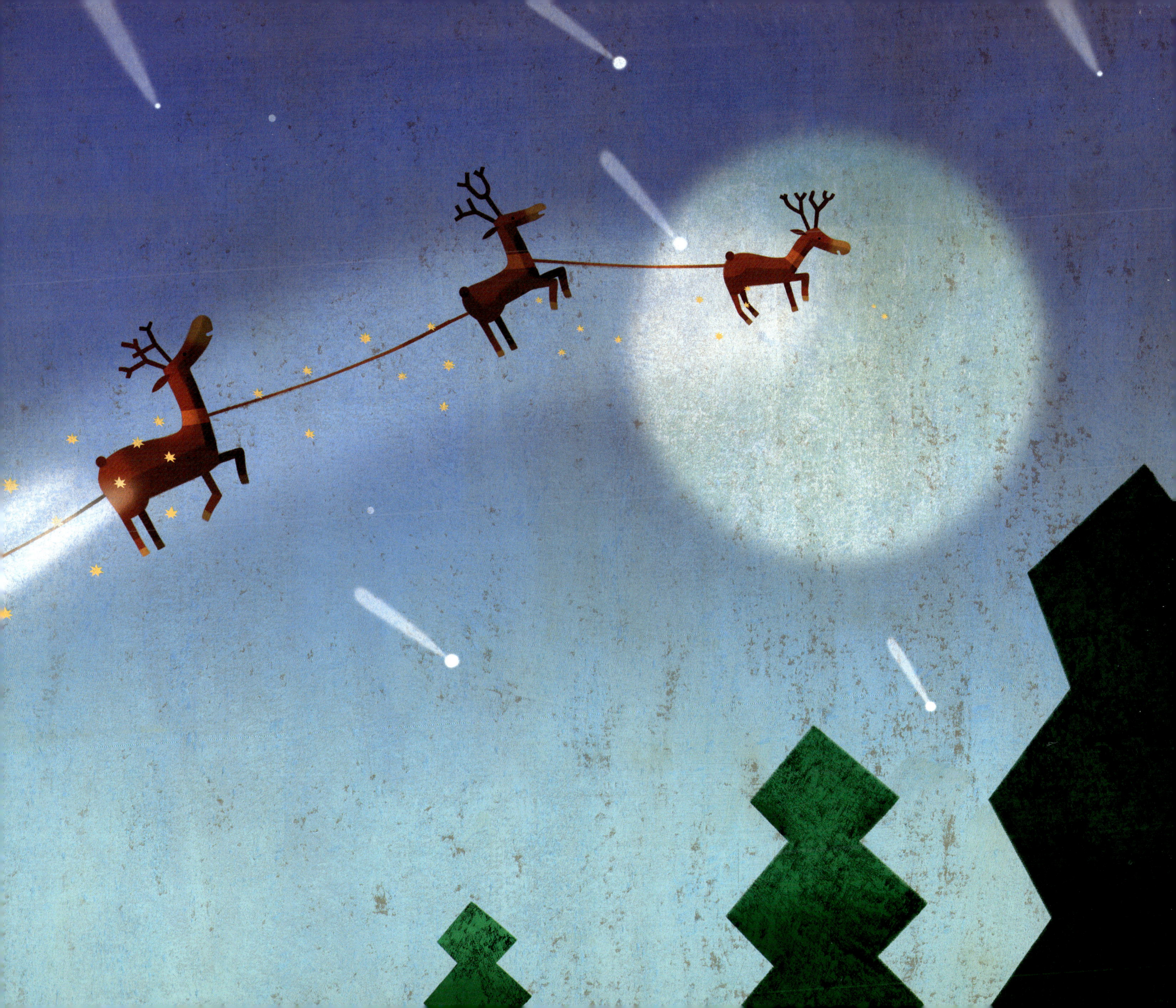

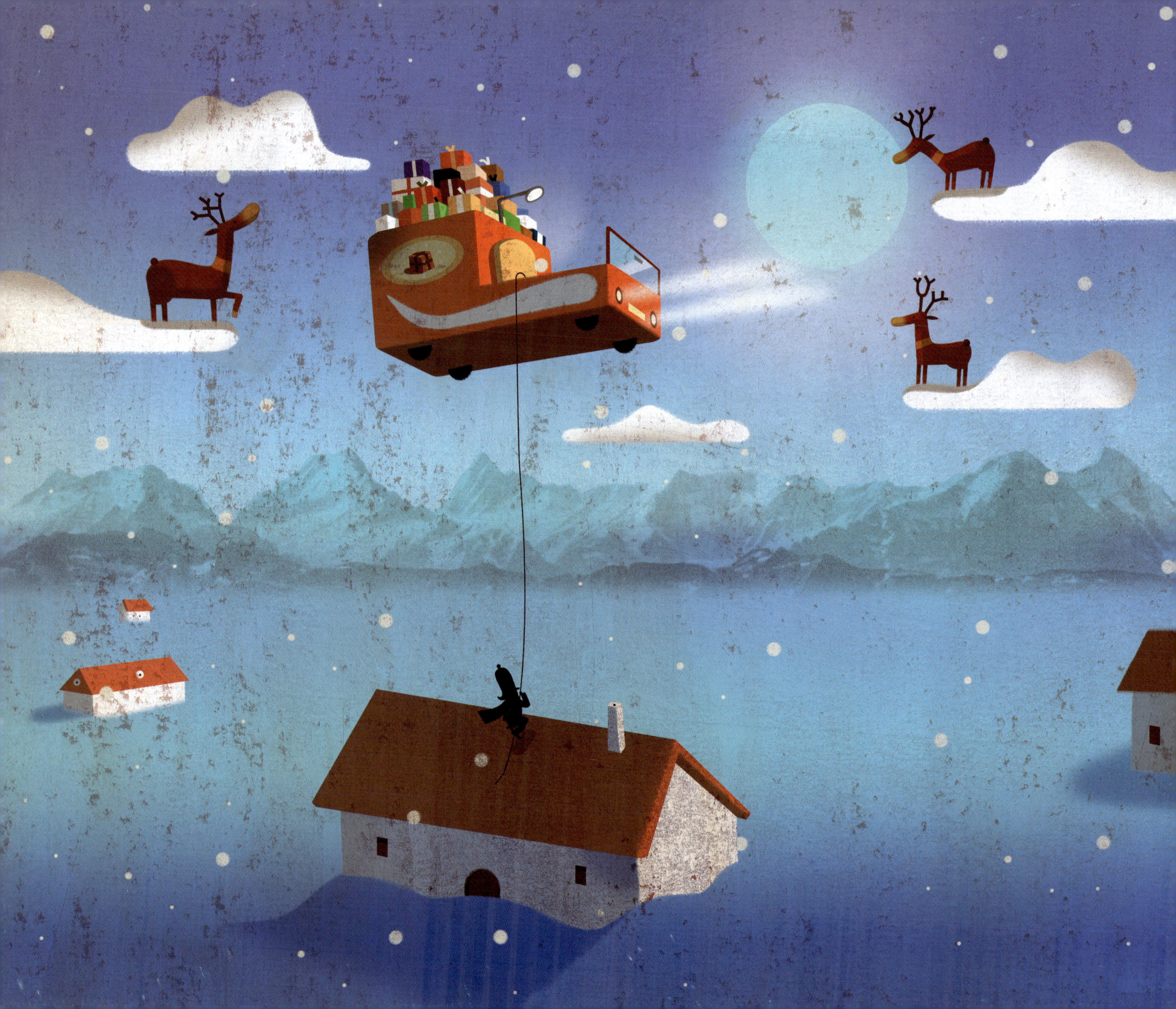

Les heures s'enchaînent ensuite, sans repos pour le père Noël.
Il passe de ville en ville, de village en village, de hameau en hameau, de maison en maison pour déposer sous les sapins les milliers de cadeaux espérés.
Parfois, à travers une fenêtre, il aperçoit un enfant endormi, roulé dans ses draps, accroché à son doudou ou couché de travers sur le matelas. Sous les paupières closes bouillonnent des rêves de réveil.
Sans tarder, il retourne sillonner l'immensité du ciel, en évitant parfois une étoile filante qui frôle le traîneau et trace son trait de lumière dans le lointain.

Enfin, la tournée du père Noël s'achève. Le flanc des rennes luit dans la nuit, lustré par la sueur.
Le traîneau est vide. En bas, à perte de vue, s'étend la forêt qui cerne son territoire.
Il n'est plus très loin de chez lui. Il a visité chaque maison.
Chaque maison sauf une…

Elle est là, à la verticale de l'attelage, comme assiégée par les arbres.
Une minuscule lumière brille à la fenêtre de l'étage. Dans la chambre de Pierrot peut-être…
À nouveau, le père Noël sent son cœur qui se serre. Il n'a rien à lui offrir.
Pierrot, au réveil, trouvera ses chaussons vides au pied du sapin. Hésitant, le père Noël trace des cercles au-dessus de la maison.
Soudain, tirant sur les rênes, il décide d'y faire halte.

Lorsqu'il sort de la cheminée, il trouve une pièce endormie.
Au milieu se dresse un sapin habillé d'étoiles dorées.
Les rares bougies qui brûlent dans un chandelier l'éclairent par intermittence.
Le père Noël s'approche doucement. Et quand il est tout près, il aperçoit une lettre et un cadeau…

Il se fige sur place et met du temps à comprendre. Les cadeaux, c'est lui qui les offre, normalement.
Il s'agit sans doute d'une erreur.
Il s'accroupit et prend l'enveloppe délicatement entre ses doigts. Ses derniers doutes s'évanouissent.
Son nom y figure : père Noël. Il la décachette et commence à lire.

Le père Noël, ému, replie la lettre et saisit le petit paquet qui l'accompagnait. C'est son premier cadeau.
Il défait le ruban, écarte le papier avec mille précautions.
À l'intérieur, il découvre une boussole…

> Cher père Noël,
>
> J'espère que tu vas bien et que tu n'es pas trop fatigué. Je ne sais pas si tu as pu m'apporter ce que je t'ai demandé. En attendant, j'avais envie, moi aussi de te faire un cadeau. Maman dit qu'on doit toujours offrir une chose à laquelle on tient plus que tout. Tu trouveras ici ce à quoi je tiens le plus au monde. C'est mon papa qui me l'a donné. Cela te sera bien utile, je pense, car le monde est tellement grand qu'il est facile de se perdre.
>
> Rentre bien.
> Bisous Pierrot

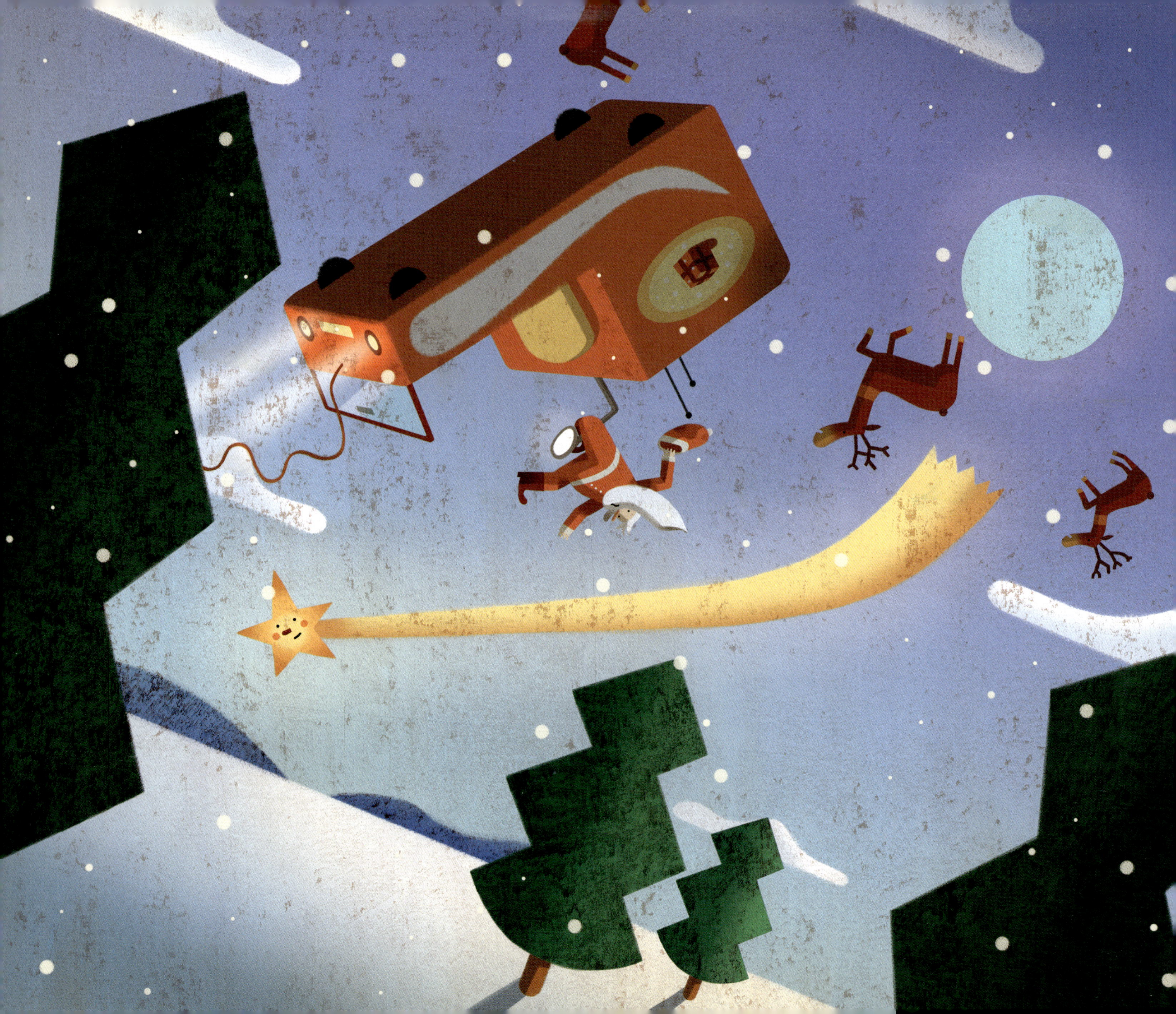

L'aube rosit l'horizon. On ne distingue plus la maison de Pierrot dans la forêt. Le père Noël rentre chez lui. Le vent soulève son bonnet, qu'il enfonce plus profondément. Le traîneau a beau être léger maintenant, son cœur est lourd.

À l'avant, bien en vue, il a suspendu la boussole de Pierrot. Elle ne lui sert pas à grand-chose car il connaît le ciel par cœur, mais il est content de la savoir là.

Soudain, c'est la catastrophe. Pensif, le père Noël n'a pas vu surgir l'étoile filante, une boule de feu qui lui coupe la route. Les deux rennes de tête font un brusque écart. Le père Noël, déséquilibré, n'évite la chute qu'en s'accrochant aux rebords du traîneau. Très vite, l'attelage retrouve sa stabilité.

C'est alors qu'en baissant les yeux, le père Noël reçoit un terrible coup au cœur.

La boussole a disparu !

Il se penche et scrute avec désespoir l'étendue qui glisse sous son traîneau.
À perte de vue, des arbres et encore des arbres engourdis sous la neige épaisse.
La boussole est là, quelque part.
Perdue à jamais…

La vie a repris au pays du père Noël, les lutins se sont remis au travail dans les ateliers qui résonnent du bruit des machines et de leurs chansons entraînantes.
Il faut une année entière pour préparer les cadeaux d'une seule nuit.
Souvent, le soir, avant de se coucher, le père Noël se campe à l'écart de sa maison et contemple la forêt.
Il pense à Pierrot, à ce cadeau avalé par les arbres, cette boussole qui peut conduire quelqu'un à l'endroit qu'il désire mais ne peut faire en sorte qu'on la retrouve.
Il guette aussi le courrier, une lettre de Pierrot.
Mais rien ne vient. Et le temps passe.

Une année s'est écoulée, une nouvelle nuit de Noël envahit le ciel. Les cadeaux s'entassent dans le traîneau, les rennes attelés grattent des sabots dans la neige, impatients de se dégourdir les pattes dans les étoiles. Le père Noël se juche à l'avant et, d'un claquement de langue, lance le signal tant attendu.
Les rênes se tendent d'un seul coup et le traîneau s'envole.

Sa tournée achevée, le père Noël survole la forêt et aperçoit bientôt la maison de Pierrot, toujours aussi perdue au milieu des arbres. Cette fois, il n'hésite pas et s'approche du toit pour se glisser par la cheminée.
Un sapin trône au milieu de la pièce, plus majestueux que l'année d'avant, mieux décoré.
Le lourd bahut posé contre un mur est couvert de bougies qui jettent un doux éclairage sur la scène.
Le père Noël s'approche du sapin.

Une paire de chaussons attend sa visite.
À côté, il découvre deux minuscules chaussettes de laine roses.
Sur les chaussons de Pierrot, il y a une lettre qui lui est adressée.
Le père Noël s'assoit par terre et se dépêche de l'ouvrir.

Cher père Noël,

À mon réveil, l'année dernière, j'ai vu que tu ne m'avais pas apporté le cadeau demandé. Je ne t'en ai pas voulu. Je m'y attendais un peu.

Mais deux semaines plus tard, papa est revenu.

Ce qui est incroyable, c'est qu'il tenait dans sa main la boussole que je t'ai offerte. Elle a atterri devant lui alors qu'il marchait au hasard dans la forêt. Il levait les yeux pour suivre la course d'une étoile filante, et il l'a vue qui surgissait de nulle part. C'est grâce à elle qu'il a retrouvé son chemin.

Alors, qui dois-je remercier ?

Joyeux Noël, père Noël.

Bisous.

Pierrot

P-S : ma petite sœur s'appelle Stella.

Le père Noël se relève. Il fouille sa hotte et trouve deux derniers cadeaux qu'il pose au pied du sapin. Puis, sans bruit, il sort par la cheminée et grimpe dans son traîneau.

Ensuite, un immense sourire planté au milieu de sa barbe, il file dans les étoiles.